J 976.4 BRE
Bredeson, Carmen.
Texas

S0-AXB-532

DATE DUE

GAYLORD   PRINTED IN U.S.A.

Texas

por Carmen Bredeson

Consultore
Linda Cornwell
Especialista nacional de lectura

Traductora
Eida DelRisco

Children's Press®
Una división de Scholastic Inc.
Nueva York   Toronto   Londres   Auckland   Sydney
Ciudad de México   Nueva Delhi   Hong Kong
Danbury, Connecticut

Diseño: Herman Adler Design
Investigadora de fotografías: Caroline Anderson
La foto de la cubierta muestra el río Grande.

Información de Publicación de la Biblioteca del Congreso de los EE.UU.

Bredeson, Carmen.
  [Texas. Spanish]
  Texas / por Carmen Bredeson
      p. cm. — (Rookie español geografía)
  Incluye un índice
  ISBN 0-516-25110-4 (lib. bdg.)   0-516-25516-9 (pbk.)
  1. Texas—Literatura juvenil. 2. Texas— Geografía—Literatura juvenil.
  I. Título. II. Series.
  F386.3.B7413 2004
    976.4—dc22
                                    2004005016

El nombre de Texas viene de la palabra *tejas*, que es la pronunciación española de una palabra india que significa "amigos".

Texas es un estado grande y amistoso. Es el segundo estado más grande de Estados Unidos. Sólo Alaska le gana en tamaño.

CANADÁ

WASHINGTON

OREGON

IDAHO

MONTANA

DAKOTA
DEL NORTE

MINNESOTA

DAKOTA
DEL SUR

WYOMING

WISCONSIN

MICHIGAN

NUEVA HAMPSHIRE

VERMONT

MAINE

NEVADA

UTAH

COLORADO

NEBRASKA

IOWA

NUEVA YORK

MASSACHUSETTS

RHODE ISLAND

PENSILVANIA

CONNECTICUT

NUEVA JERSEY

CALIFORNIA

ARIZONA

NUEVO
MÉXICO

KANSAS

ILLINOIS

INDIANA

OHIO

WEST
VIRGINIA

VIRGINIA

DELAWARE

MARYLAND

Washington, D.C.

MISSOURI

KENTUCKY

CAROLINA
DEL NORTE

OKLAHOMA

ARKANSAS

TENNESSEE

CAROLINA
DEL SUR

TEXAS

MISSISSIPPI

ALABAMA

GEORGIA

LOUISIANA

FLORIDA

Norte

Oeste

Este

Sur

ALASKA

CANADÁ

MÉXICO

HAWAI

5

En Texas hay muchas granjas.
Algunos granjeros cultivan
arroz, naranjas o algodón.

Cuando el algodón madura, los campos se cubren de blanco.

En Texas también hay muchos ranchos ganaderos donde se crían animales en vez de cultivos.

Algunos rancheros crían
ovejas, cabras o vacas.

México es el país que está
al lado de Texas. Allí la
gente habla español.

Las arenosas playas de Texas se encuentran a lo largo del golfo de México.

El río Grande separa
a Texas de México.

Como su nombre lo
indica, es el río más
grande de Texas.

En Texas viven muchos
animales salvajes: pumas,
serpientes de cascabel,
cocodrilos y lagartos.

¡El lagarto cornudo parece un dinosaurio pequeño!

Austin es la capital de Texas. La capital es donde el gobierno del estado hace las leyes.

La ciudad se llama
Austin en honor de
Stephen F. Austin, a
quien se le conoce como
el "Padre de Texas" porque
fundó el primer pueblo de
colonos angloamericanos
de la región.

19

Los tejanos hacen diferentes trabajos. Algunos trabajan en las refinerías de petróleo.

Las refinerías convierten
el petróleo en gasolina.

Algunos tejanos han
viajado al espacio.
Son astronautas.

En la NASA, ubicada en Houston, los astronautas aprenden a trabajar en el espacio.

Los tejanos disfrutan de los deportes. Los aficionados al fútbol ovacionan a los Vaqueros de Dallas.

Los aficionados al baloncesto
miran a los Cohetes de Houston.

Los rodeos también son populares en Texas.

Vaqueros y vaqueras tratan de montar en caballos y toros sin domar. Los animales casi siempre tiran al jinete al suelo.

Ojalá puedas visitar Texas algún día. ¡Hay mucho que hacer en este gran estado!

Palabras que sabes

astronautas

Austin

algodón

puma

30

refinería de petróleo

ranchero

río Grande

rodeo

Índice

Acerca de la autora

Carmen Bredeson ha escrito docenas de libros informativos para niños.
Vive en Texas y disfruta viajar y hacer investigaciones para sus libros.

Créditos de las fotografías

Fotografías © 2004: AP/Wide World Photos: 25 (Tim Johnson), 24 (Tim
Sharp); Archive Photos/Getty Images: 19, 30 arriba a la derecha; Bruce Coleman
Inc.: 11, 13, 31 abajo a la izquierda (Matt Bradley), 16 (John Elk III), 23 (Stouffer
Enterprises); Buddy Mays/Travel Stock: 28; Dave G. Houser/HouserStock, Inc.:
8; Minden Pictures: cover (Carr Clifton), 14, 30 abajo a la derecha (Tim
Fitzharris); Peter Arnold Inc.: 9, 31 arriba a la derecha (H.R. Bramaz), 20, 31
arriba a la izquierda (Jim Olive); Photo Researchers, NY: 27, 31 abajo a la
derecha (Jerry Irwin), 22, 30 arriba a la izquierda (NASA/SPL); Superstock, Inc.:
3; The Image Works/Bob Daemmrich: 6, 7, 21, 30 abajo a la izquierda; Visuals
Unlimited/Joe McDonald: 15.

Mapas de Bob Italiano